そにどりの青

吉田美奈子歌集

Yoshida Minako

六花書林

そにどりの青　＊　目次

I

III

装幀　真田幸治

そにどりの青

I

ちちろの声

岸洗ふ音かすかにて月明をうかべ蛇行す夜の御船川

父母あらぬ家の荒れ庭浄めつつちちろの金の声銀の声

風出でてねむり涼しきふるさとの青田は闇に穂ばらむけはひ

曼珠沙華の朱よりもらひ火するやうに男かがみて煙草火を点く

ぎんなんのほろほろ苦く亡き父の声もおぼろとなりて三年

蓋とれば残るポマード凝りゐて遠き記憶の父のにほひす

鄙のみやび

千里浜《ちりはま》の冬の厳しさ思はせて松は傾きいづれも細し

ならびたつ折口父子の歌碑の遠《をち》秋陽に照りて海はふくるる

引明けの港へ帰り来る船は大漁ならむ鷗ら連れて

灯のあはき加賀「よし久」の花御膳鄙のみやびを惜しみつつ食ぶ

濃厚な鴨のじぶ煮のあつあつが舌にとろけて秋ならむとす

加賀の酒「菊姫」のその芳醇に二人し酔ひぬ酔ひてとろけぬ

時のほとり

草紅葉ほのか兆せりわが家の単身赴任者われに戻り来

引越し荷解けばつぎつぎわが知らぬ夫の生活の具体出で来ぬ

遠き日にわが折りし鶴ちんまりと乗りをり夫の引越しの荷に

荷をほどき秋の日暮れて夫とわれを過ぎゆく〈時〉のほとりに虫鳴く

十四年の別居終はりて朝々の夫へのコール今日で終はりぬ

木の葉散る音

虫の声はつかに交へ夕風は青みを帯び来ながつき一日

花ちさくつゆくさ咲けりテロいまだあるこの星を清むる青さ

静けさは恩寵に似て山道に木の葉散る音、わが息の音

会話すぐ途切れてしまふ人とをり閉ぢてゐるのはわれかもしれぬ

腸《わた》とりて塩で殺して酢で締むる魚料りつつこころつつしむ

椅子硬し

止みてまた降る昼のあめ再検査受けにゆく坂の向かう晴れゐて

CTの順待つ椅子に所在なきわが身支へて藤沢周平

まだ少しこの世に用を持てる身に聞きをりＣＴの破調のうなり

「お大事に」と言ひつつ人の眼によぎるあはれむごとき色にも慣れつ

検査受け帰るゆふぐれわが影のじやらじやらじやらと何か曳きずる

ひとつばたご

との曇る弥生つごもり帰り来しつばめを容れて空生き生きす

夕照に桜咲き満ちみづからの光のなかにあはく翳れる

義父看取る日々にも復《また》の春は来てひとつばたごの花咲きけぶる

看取りの間ぬすみて訪へる美容室カーペンターズは眠りをさそふ

人界とかかはりあらぬ明るさに空押し上げて椎若葉萌ゆ

種袋の野菜の写真どれもどれも優等生のよそゆきの顔

向日葵の種の縞々ひと夏の光と影が刷けるしましま

新築のマンションの窓の直線がまるみおびたり灯のつき初めて

吊革をわづかに揺らし空間を運びゆきたり回送列車は

仙樽の滝

雨後の陽のきららかに射す向う岸に朴点々と浮かび咲きたり

中ぞらにて水激突し落ちくだり仙樽の滝は白きとどろき

荒々としぶきて柱立つごとし滝の落下は瞬にして劫

落ちくだる滝の力は新緑もわが魂もどどと吸ひ寄す

みづからの重みのままに落ちきたる水は滝壺に入り脱力す

すっぱき色

渋滞の車列にはまりわがこころ右折し左折し職場へいそぐ

せかせかとした靴音はわが上司機嫌悪しと床が報せ来

同僚の机の下に昨日からちらばるクリップ気になるがさて

めつむりて海馬休ます研修の硬質時間のあひまあひまを

長かりし研修をはりもらひたる証書一枚やはりうれしい

伸びすれば届きさうなる雲のした方位感なくサイレンひびく

亡き母を真似れど鳴らぬほほづきのすつぱき色の夕月浮かぶ

わが生のいまどのあたり藪蔭に猫目草の黄花またたく

転びきて坂の途中に止まる石みえぬ何かとつりあひてゐる

今日もはや過去となりつつ夕照に巻雲の絹きんを刷きたり

見知らざる街のごとくにゆがみつつカーブミラーのなかも夕焼け

ふりがなのやうなやさしさ嬰児に喃語で話す若き母のこゑ

冬の胡瓜

月末で解雇さるるをしぼり出すごとく友言ふ沈黙のあと

薄給でも仕事のあるはまだましと友つぶやきぬ山茶花紅し

まっすぐな冬の胡瓜よ要領の悪きが先づは解雇されゆく

解雇せし人、されし人黙深くともに礼せり一月晦日

数百人派遣を切りし会社あり「ひとにやさしい」が理念の会社

土へとは還らぬ物を作りはた捨てて人さへ使ひ捨てにす

駅前で不当解雇を訴ふる人の拳がちひさくふるふ

健康なこの青年に仕事無く握りこぶしのなかなる空虚

地下駅の軌道の奥より吹きくるは幾日まへの風か温《ぬる》しも

急速に光萎えゆく冬ゆふべ顔なくしたる人ら行き交ふ

春くばりびと

病室の番号に四《し》、九《く》を外すこと小事にあれど大事のひとつ

病室に一枝づつの桜活け今年もわれは春くばりびと

歳わすれ名前をわすれ時空軸おぼろとなりてSさんほがら

めいめいの碗にめいめいの飯盛《いひ》られ施設の昼は沼のさびしさ

白内障病みゐるひとが指先を眼として絹針「四ノ三《よのさん》」つかふ

とんとんの人生だつたと言ふ老いのと・ん・と・んの間の悲苦を思へり

便まみれの老いを二人が洗ひをり介護はきれいごとから遠し

胃へぢかに入るる経管栄養剤にバナナ味ココア味あるなり不思議

わがものにあらぬ重たさ残業を終へて扉《と》を鎖すときの右の手

半壊の家に残れる階段が空を指しをり夕日を浴びて

すこし饒舌

山道に会ひたる蝶を岐阜蝶といふことにして今日のしあはせ

春はみなすこし饒舌水ふえて山の小川がうたふがに行く

やはらかき水と風あるこの世から去らねばならぬ日が来るだれも

忘れゐし豊かさと思ふ摘みきたる白詰草のあまき花の香

天空に棲む鳥ならむひばりひばり声のみ在りて光に消えつ

強くして寂しきものか巡りゆく漢字の森に男偏なし

立夏けふ買ひし木綿のブラウスのパフスリーブが少しうれしい

やまもも

ていねいに枝打ちされし杉並木痛々しきまで直ぐに伸び立つ

いただきの草に座ればここはもう空。蟬声が下より湧けり

行くさ見し瀬になほ立ちて青鷺は思惟深げなる頸吹かれをり

死のめぐり冷え冷えとせり轢かれたる鳩の骸に陽は射してゐて

公園のやまもも熟れて老い人や小鳥や虫がいつも来てゐる

をさなごが「ひゃく」と言ふとき百円でこの世の何でも買へるここちす

雨はれてオクラの花はすずやかにトパーズ色の螺旋をほどく

七里御浜

天を突く緑の直線ひしめきて土井の竹林昼を小暗し

おそ夏の七里御浜に海は荒れもんどり打ちて大波の寄す

まなかひに蒼くふくるる熊野灘荒れてひねもすとどろく八月

やはらかく白さ増したり十六夜を呑みてとどまる夜のうろこ雲

みどりごあくぶ

泣き止みてみどりご眠る秋の夜半わが血つぐもの少しおそろし

全円の月ほつかりと浮くゆふべ生れて十日のみどりごあくぶ

ラ・フランスあまくにほへり追熟のやさしき時を果実は過ごす

かみのけ座茫と光れり亡き母を思ひ出づるも間遠となりぬ

律儀に鳴けり

監査日の明日にせまりてエレベーター待つ間の長し一日短し

二杯目の珈琲冷えて報告書の最後の行がなかなか書けぬ

資料まだ揃へ終はらぬわれ急《せ》かし鳩時計の鳩律儀に鳴けり

介護保険監査終はりてゆふぐれを事務所にひとりほどけゐるなり

逆あがりまだできさうに思ふ日よ十三夜月きりりと浮かぶ

鞄選るわれの基準をさびしめりＡ４サイズは仕事の基準

ささいなる齟齬の傷口ひろがりて離職の思ひじわじわ湧き来

きんいろに公孫樹散り敷き散りかかるこの静謐や　死後のごとしも

ふん別、ぶん別

みぎひだりひびき違へる靴音の少し寂しく誕辰迎ふ

歳ひとつ加はれる夜の雪見酒ほろりほろりと酔つてをります

ペティナイフぐぐと入るれば生牡蠣の生きの抵抗手にたしかなり

瀬戸黒の皿が相応へり生牡蠣のぷりと肥れるその真珠色

牡蠣殻は燃やせる塵とふん別すぶん別地獄の街住みわれは

きんいろに輝くたまごかけごはん元気でさうと思ひつつまだ

義父逝く

赤信号ばかり続きぬ危篤なる義父へと急ぐゆふべの街は

応へもうなきと知りつつ呼びかけぬ義父のなきがら未だあたたかく

やうやくに安らぐ義父が胸の上に麻痺ありし手をしづかに組みて

なきがらの口元固しひとしづく召せよと垂らす酒はこぼるる

死の後を表情徐々に変はりきて正法院釈慈心善士となりたり義父は

なきがらの胸処に置けるさくら花別れのときをやさしく開く

クラクション長くひびきてふたたびを帰るなき道へ義父は発ちゆく

ゆらぎつつ遮断機上がりその向かう何も動かずゆふべの街は

ちち逝きて更にちひさくなりしはは一碗の飯また食み余す

遼寧の野

どこまでも蜀黍畑みどりにて遼寧の野にひと日花見ず

とある日の溥儀《ふぎ》の吐息にくもりしか長春宮の二重の玻璃戸

開け放つ旧関東軍指令室壁に戦争が焦げついてゐる

動くとも見えぬ豊かさ野を分けてゆく泥色の河松花江《スンガリー》

もの運ぶ、食ふ、寝る、走る　灯の暗き哈爾浜駅の朝の混沌

瀋陽のヤマトホテルの吹抜けの螺階は暗き過去世へつづく

満州史照らしきたりしシャンデリア暗く灯れりヤマトホテルに

風に乗り鉄橋のきしみひびき来ぬはるか松花江を貨車渡りゆく

明け四時をビル建設の重機うごき新中国は馳駆疾駆せり

大連のゆふべの雨に引込み線濡れて赭しも草生ふるなか

霧こむる二〇三高地まなかひに蜻蛉がふいに現れて消ゆ

ＤＮＡの螺旋

稔りたる棚田千枚、千枚の彩へを違へ夕つ陽に照る

高低差二百メートル棚田にはいつもどこかで水の音する

稲架に触れこころ和ぎきぬ藁の香はＤＮＡの螺旋くすぐる

木の実落ちそのあと無音地雷まだあまた秘めゐるこの星のうへ

武器あまた創り継ぎきてヒトは在りゆふべしづかに鞦韆は垂れ

島時間

氷雨ふる師走朔日かへるでは血の暗さにて夜を散りいそぐ

冬の朝柿の枝に来てひよどりら実を取りあへり鉄火な声に

おほかたは老いにて歩み遅きかな住民総出の島のとむらひ

海のぞむ狭きなだりにひしめきて島の墓処は淡き陽のなか

連絡船日に四便の島時間おほむねは〈緩〉折ふしに〈急〉

夕空に見えざる窓のひらきゐてそこより数多かはほり出で来

歌詠む速度

ゆらゆらと匙動く見ゆ梅雨のあめ音なくつつむ施設の食堂

自《し》が裡に深くこもりてゆくやうに丸まりしままSさん逝きぬ

人逝きて空きたるベッドのそのめぐりしんと小暗し雨降るゆふべ

不可思議でまた明確で死といふは看取り重ぬれど慣るることなし

生くるとは確実に死にむかふこと飛行機雲が夕空に伸ぶ

モニターに管につなぎてなかなかに死なしめぬなり現代医療は

甕のみづ徐々に蒸発するごとくM氏の記憶失せてゆくらし

二時間で会議終はらす術おぼえケアマネージャー八年目なる

をりふしにほのと消毒薬にほふわが身厭へり勤めの帰路を

駅出でて人よりしだいに遅れだすわれの歩みは歌詠む速度

II

すずしき火花

せはしなく蜜吸ふ蜂の影透けて蓮の花弁はくれなゐ襲《かさね》

青あはく梅雨の日差しに咲き揺るるアガパンサスのすずしき火花

ふたたびを浮かび来し鳰水の輪の同心円の真中にしづか

距離保ち立つ釣人らときをりに躍れる鮎のきらめきを上ぐ

たぎつ瀬に腰までつかり釣人が竿しならせて生と引きあふ

池の面に映れる藤のむらさきを揺らして大き鯉が沈けり

手に載する藤の花房ひんやりと湿りおびつつ嵩のゆたけし

藤を見て藤見る人を見てをれば噓のごとしも義父逝きしこと

爪立ちて

あと何年わたしはわたしでゐられるか検査結果を黙しつつ聞く

ありのまま生きるがいいと切株はだまって冬の夕陽浴びてる

伊那谷は風の住むさと山襞の影濃くなりて雪嶺聳ゆ

爪立ちて林檎をもげり初めてのキスうけし日のごとき青空

動かぬといふは激しき力にて林檎の幹のほのかにぬくし

兵とのみ記せるひとりひとりの死いしずゑとして天守旧りたり

中世のをとこの歩幅山城の急なる階にいくど脛打つ

カラフルな夢見ることも稀となりもう五十九まだごじふきう

踏みてゆく落葉が鳴れり死が怖くなくなる歳があるのだらうか

あしたは雪

くらぐらと岸翳りつつ夜の川の水音硬しあしたは雪か

愚痴捨てに来し屋上に胸いっぱい空を吸ひ込む明日は明日のこと

冬の雨傘うつ音のほつほつとひらがな書きのうたのやさしさ

「は」の長きくさめの音の似てをりて階下にゐるは夫か息子か

3・11

大津波が潰せる街に横転の船ありノアの方舟ならず

生活をつつみゐしものを易々と瓦礫とよびてニュースショーすすむ

母探し泣ける少女を撮るカメラためらひもなくズームアップす

倒壊の家跡に立つ赤き旗永久《とは》の不在を示し垂れをり

去年の夏ひるがへりゐし燕らよ帰ってきてももう街はない

遺髪ひとふさ

白き額《ぬか》しんと冷えゐて死者としての〈時〉はしづかに始まりてをり

手につつむ遺髪一房やはらかく夢のつづきのやうなり通夜は

どんなにか生きたかりけむ子を残し三十一歳の姪みまかりぬ

見舞ふたびからだ痩せゆきうつし世の隙よりこぼれ落つるごと消ゆ

おうじくんもう泣かないでママはずつときみのとなりにゐてくれるから

遺児ふたり両腕に抱き一点を見つめゐる喪主その喉ふるふ

通夜に来し児らとはしやげる遺児四歳このまましばらくはしやぎてあれ

唐突に真顔になりて遺児四歳触れたるママのつめたさを言ふ

悲しみは然は然りながらほろほろと夜伽の酒にあはれ酔ひゆく

風に舞ふさくらはなびらふたたびを還らぬものの白き輝き

栗の花にほへるなだり陽のみちて姪の新墓海のぞみたつ

道化師

化粧終へ帽子かぶれば青年は指の先まで道化師となる

道化師がうさぎ生むさま細長き白きふうせんひねりてまげて

自がこころ差し出すごとくうやうやしく道化師が呉る赤きふうせん

死の際によみがへり来むひとこまか紫陽花ロードを夫と駆りゆく

大鴉目先の草に舞ひおりてがばりと暗しゆふべの苑は

桑の実をついばみて雀発ちゆけり自が重みほど細枝ゆらして

列島に沿ひて伸びたる湿舌のおしやべりならむけふの青梅雨

野の草を濡らして梅雨のあめ降れり「黒い雨」いまだ死語にはあらず

捩花の穂は天指せり原発を人が創りて人がくるしむ

納骨

蟬声の波に揺られてめざめたり死よりなんにちまへなる朝か

「お義父《とう》さんちょっと失礼」盆ひかへ位牌の頭息かけみがく

なぜか手をあはせてしまふ父母は〈位牌〉になりしわけにあらねど

自が不在信じてをらぬごとく笑み遺影の義父はいまも磊落

義父の骨白く乾けるいくひらをつつしみ納む塚の闇へと

たつぷりと水をそそげり夏の陽に墓は芯までじんと灼けゐて

時止まるごとき奥つ城炎昼の空の奥にて蟬鳴きしきる

納骨をすませ戻れるうつしみの汗にほひたつ夏のゆふべを

しつぽ

しつくりと右手になじむマウスにてワイヤ《しつぽ》なけれど少しかはいい

ワイヤレス、コードレスの違ひ懸命に店員説けり　若さとおもふ

コードレスはたワイヤレス尾を持たぬヒトは時空を疾駆してゆく

ケアプラン書きなづむ日はへこみたる紙風船のやうなりこころ

のこりたる茶を鉢植ゑのアボカドにおすそわけして帰り仕度す

万花咲き一果生るとふアボカドの一果を得たく今日も水やる

螺子山のらせん光れり数ミリを「山」と名付けし自在ゆかしき

過疎へつづく

五十余《まり》枝に残れる金柑のきんの響けり冬のひかりに

灯のともる窓が四割市庁舎は師走の夜を苦闘するらし

縄跳びの大波小波にひとりづつ児ら呑まれゆき冬のゆふやけ

雪の野のところどころに土見えてそこにほのぼの陽がうずくまる

雪のうへに足跡見えぬ上り坂輝く白が過疎へつづけり

ゆっくりと凍らむとする淵の水ねばりを持てり碧《あを》深めつつ

一瞬の風のかたちを封じたりさざなみ残し凍る沼の面

柳川

をりをりを舟べりに触れ堀の面にしだるる柳の細葉さやさや

どんこ舟ゆく城堀は水照りして乗りあはす顔みながら明る

川くだる舟にいただく鰻蒸籠《うなせいろ》こげたる醤油のかをりもうまし

柳川はたひらなる街汲水場《くんば》とふやさしきものを家ごとに持つ

散りきたる藤のはなびら手にのせて柳川くだりの舟にしばらく

白秋の生家を出れば曾孫弟子われは消ぬべう若葉風ふく

鍋をはみだす

届きたるたけのこずしりわが家の一番大き鍋をはみだす

筍のゑぐ味じんわりひびくなり遠き日の母の小言のごとく

高層の茶房に珈琲飲みゐたり鳥の領域すこし侵して

せせらぎは水のつぶやき野の川が来し方を岸の草に告げゆく

樽のまるみ

リスボンの街並を縫ふ木の市電擦過音のこし夕陽に向かふ

荒々と断崖を波が打ちゐたり葡萄牙《ポルトガル》とふ字のなかの「牙」

自が裡をのぞきこむがに目を閉ぢてファド歌手は低くうたひ始むる

黒きショール肩に引き上げファドうたふ女ときをり投げキッスして

めぐりつつ方位感なしリスボンの裏みち坂みち石畳みち

百年のワインの眠りつつみゐて樽の丸みはをみなのまるみ

陸果つるロカの岬に視野越えて真昼の海はいちまいの金

ドアのむかう

訃報ひとつ入りたるゆふべ噴水はみづから細く濡れて立ちをり

〈放射能検査済み〉なるきのこあり今年の秋のさびしさとして

つきつめて思へば要らぬものばかり死ねばこの身も捨てねばならず

めだたねど御手塩《おてしよ》のやうなすぐれものMさん辞めて事務所ぎくしやくす

鍵束のそのいづれもが合はざればドアのむかうは月より遠し

植ゑて十年ひとつ生りたる八朔のひとつといへど庭の明るさ

「愛されてる犬は仕草が可愛いね」「それはおんなもおなじよあなた」

獣園の春

ふくらめる蕾に紅のにじみゐて駆け出しさうなり今日のさくらは

黄のまなこ鋭くひかり牝ライオンくるほしく吠ゆ獣園は春

ほとけのざ紅紫を地に敷きて原発一基まだ稼働中

隣国に首脳つどへばわが街の自衛隊基地昼夜うごめく

被災地をゆく自衛官の黒き靴今も軍靴とよぶのだらうか

蜻蛉の顔

風中に静止飛行しおにやんま虎斑《とらふ》いかつき胴かがやかす

川の面のひかりのうへを蜻蛉《せいれい》の風嚙みてとぶ顔まじめなり

かはほりの飛べるゆふぐれ銀円の月より吹きくる風のすずしさ

望の月銀のひかりを撒きをらむオスプレイのうへに民家の屋根に

飛行機でありヘリである鉄塊は両性具有のごときあやふさ

基地ちかく住む

自がたれか忘れたる人かつて飼ひし猫の名呼びてほのと笑まへり

痩せやせてMさん逝けり消火器が赤く黙してゐる冬の午後

ねぎらひの言葉三つ四つ先づいひて若きヘルパーにお小言すこし

爆音にニュースの芯部聞きのがす自衛隊基地ちかくに住めば

低空を編隊機ゆきしばしばも施設の老いらの話ちぐはぐ

三十八度線

ソウルより北へと延びる統一路《トンイルロ》、自由路《チャユロ》三十八度にて閉づ

生活がある証にて地図上に南北境界線はぎざぎざ

指呼の間に北朝鮮の兵見えて冷戦の谷なまなまとあり

わが旅券調ぶる韓国兵の指細しこひびとはゐるのだらうか

沈丁花にほふ

芽吹きたる小枝を影の移りつつ小鳥らの声まるみおびたり

いづくにか沈丁花にほふ夜の路地にきたりて迷ひゆくをたのしむ

かろやかにスキップしつつ春は来て花芽花芽に光さやげり

桜咲く蔭に山茶花をはりゐて時はしづかにわが先あゆむ

取りあへず、取りも直さず、取り急ぎ。「とり」はやさしき日本のこころ

むずむず

咲ききりし軽さとおもふ風のむた飛花は杜越え光に消えつ

ふるさとの竹山荒れて亡き父母の遠し葉洩れ陽さらさらゆるる

むずむずと地中に伸びる筍のそのむずむずを足裏で探す

真二つにたけのこ割ればみつしりと無垢の水気《すいき》のひしめき並ぶ

褐色のあたまのぞかすたかんなの思慮深げなる幾本を掘る

街住みにたけのこ掘りはあそびにて日雀《ひがら》聞いたり蕨つんだり

三本のたけのこ掘りて終ふる日の原発安全基準うやむや

やや明く髪を染めきて二、三日その明度分こゑ高くなる

花のおしやべり

ひらひらと擬似南洋の水槽にシマハギ、ニジハギ、ナミダクロハギ

獣園のけものの肥満予防にて檻を拡張するといふ話

餌を得むための労働梅雨晴を象が膝曲げあいさつをする

一瞬につばめが蝶をくはへ去り草生は梅雨の午後のしづけさ

かすかなる花の花語を聞くごとし姫女苑さく野辺あゆみつつ

水の直立

西窓の視野にをりをり来て鳴けり遊行ひよどり哲学からす

風中に饒舌な木と寡黙な木ありて響りあひ秋のはじまる

わが歩み裡なる水の直立す噴水は白きひかり撒きつつ

橋上に見をれば川は気負ひきてすりぬけざまに過去となりゆく

街川に半身沈め自転車が灯ともし頃をほうほうと鳴く

一字一字枡目埋めゆくごとき日々その行間に今日落葉ふる

葉のあひに白く咲きたる枇杷の花微熱あるがにひしめきゐたり

ララ春のうた

オカリナを吹きをればふとオカリナ消え指より音の生まるるかんじ

わが息を「ふるさと」に変へ「花」に変へオカリナの中温まりきぬ

心臓のかたち思へり楽器屋にわれを待ちゐしオカリナ一つ

オカリナをひとり復習へる秋の午後さびしきときはさびしき音す

オカリナに滝廉太郎を呼び入れて秋のひとりの午後を行かしむ

ふうはりとオカリナに息吹き込みてルル子守うたララ春のうた

退職

ゆつくりと辞表をたたみ騒だてるこころもともに封せり夜更け

少しづつわれを消すごと抽斗の私物処分す　退職近し

直立し冬が在るなり雪嶺の輪郭するどく空にとがりて

Ⅲ

しづけき池

中ぞらに鳥のこゑして街川をきららかに春の光が流る

白梅は睫毛みひらき紅梅のおちよぼ口いまだ開くに間あり

白梅へ帽脱ぎて男礼をせりとほき恋などおもひだすがに

襟足に髪やはらかき春ゆふべ一人を愛しをはるもよきか

ちさき齟齬ありし夜のふけ乾電池の中のしづけき〈池〉を思へり

勤めゐし頃の時計が体内に残りゐて今朝の目覚めをせかす

をさなごはつるりと剝けた茹で卵　逃がさぬやうにタオルに抱きとる

ゆふべの海

きままなる旅のゆふぐれ踏切をわたれば視野は海のみとなる

セーリングしゐし青年みづからの羽たたむごと帆を引き寄する

まきわら船撮ると夫がかまへゐるファインダーのなかも徐々に暮れゆく

対岸の工場の煙も夕映えて三河のうみに春の日は落つ

トライアスロン

端正なストローク見えトライアスロン一位は孤独に海を突きくる

ざんざんと海泡立てて千余なる泳者が千余の意志もて泳ぐ

陸生への進化思はせ渚へとトライアスロンの泳者あがり来

遠泳の千人余が去り昼の海痛みあるごといまだ波立つ

地より湧くごとく走者らあらはれて夏陽炎のゆらめきを来る

梅の実

熟れ落ちし梅がなだりを転びゆくこの世の果てはいづくにもある

人の手の中に捥がれて梅の実はきらりと空を仰ぐ二、三秒

べしべしと己しばりて勤めゐきどのパンプスも片減りしゐて

歯にしみる甘さのやうに心処のすきまに入り来「おすすめですよ」

十階の空

時差持ちて人ら行き交ひ空港に時はゆるりと伸び縮みせり

高速でガラスの函が昇降し都会の夜はひどくあかるい

都会にはガラスが似合ふ崩壊の日をうつくしく映さむがため

窓拭きのゴンドラしづかにくだりきて十階の空をひととき磨く

窓拭きのゴンドラの綱黒く照り緊張はかかる美をともなへり

鉄を切る濃きにほひして工事場は器楽合奏のごときにぎはひ

びらびらとかはほり飛びて夕空の裂け目裂け目を縫ひ綴ぢてゐる

校庭の隅の金柑

百舌は空をつぐみは土をついばみて三月十一日まひるの寒さ

ワルナスビ丈低く咲き原発のなしくづし的再稼働あり

加速して地球こはれてゐるゆふべフリルの服を着る犬に会ふ

さうなのよ汚染がこはくて校庭の隅の金柑だれも食べない

黄砂ふる空に燕らひるがへる　日本に戻ってくれてありがたう

青き光跡

不可能と知りて立てたる目標のされど微妙な牽引力なる

一瞬の青き光跡かはせみが今日の無聊を切りてゆきたり

亡き母のほくろの位置ももうおぼろ木犀ほろほろまた秋がゆく

ちさき影乗せてふらここ揺れてをり枇杷色に灯す夜間保育所

みちくさ

罪のごと思ひてゐたる道草をぞんぶんにしてこの冬無職

ときをりに光走れど若鮎ら見わけがたしも水の色して

つぶつぶと小さくあくび沈丁花おのが香りにつつまれて咲く

四季桜とぼしき花を咲かせゐてじれつたきまでさびしき二月

ねばりある光のしづくこぼしつつ春の水車がまはりゐしなり

まどやかないびつさありて手びねりの碗ほこほこと飯が甘しも

空き缶の影

浮子ぐぐと沈みて今し釣糸は銀の直線冬陽に光る

竿にぎる腕より腰にちから入る尺余の鯉をあげる人見れば

池いち枚引き寄するがに力こめ竿しなへるを男が支ふ

空き缶の影の長さがさびしくて影ごと拾ひくづかごに捨つ

乳のにほひ

雪の朝生れたる稚《やや》はをみなにて細く泣きたり　われには似るな

まだ乳のにほひもあらぬ清らかさ生後二日の赤子眠れる

眠りよりときにうつつへ浮かび来て嬰児《みどりご》は泣く、飲む、欠ぶ、泣く

硬質のもの多き家に女《め》の子生れ日々に増えたり桃色曲線

航跡雲

あたたかき今日電線のすずめらの等間隔の「等」やや広し

にんげんに見えぬなにかを啄みて雀も鳩も春のせはしさ

岬端《さきはな》に背伸びをすれば身をつつみ空が落ち来ぬ晴れ晴れと昼

最後尾ゆるゆる歩みゆくもよし今年も桜に会へたのだから

永劫の死の間にうかぶ須臾の生だいじにせよと雀が鳴けり

西空へ航跡雲が墜ちゆけり死は唐突にくるのがよろし

大樟は風になりたき木とおもふおほらかに春の落葉ふらせて

若葉風に交じりきこえ来園児らの器楽合奏の向き向きの音

一花を加ふ

簡潔に君の死をいふメール閉ぢすこし遅れてこころ揺れ初む

二年ほど会はざるひとの訃報きて取り戻せない二年となりぬ

永久に苦の去りたる体よこたへて永久にこの世をはなれゆきたり

春深し棺のなかのはなぞのへ一花《いつくわ》を加へ別れせりけり

君の死を中心として輪をなせり生者らはみな花ささげ持ち

きよらかに野の花を詠む君逝きて未生の歌群ともに消えたり

はるかなる光に対ひゐるごとくまぶしげに見ゆ遺影は誰も

さらさらと喪服が肩をすべり落ちたちまちに主婦鏡のなかは

喪服より放たれし身は正直にはつなつの風よろこぶよ嗚呼

光のletter

ゆふぐれは水のにほひのきはだちて三河鳥川《とつかは》ほたる棲む川

せせらぎに闇にじみきて三つ五つほうたる淡くともりそめたり

息あはすごとく蛍の点滅がときに揃へり渓の小闇に

しづかなる告白に似てほたる火が離れまた寄り草におりゆく

寄り行けるひとつほうたるたまゆらを君の片頰ほのかに照らす

ほうたるが闇に描けるひとふで書きしばしば切れていづれも未完

途切れつつほたるが闇に描きゆく光の letter 三次元なる

やはらかき軌跡揺れつつほうたるの光の愛語闇にまたたく

伸ばす手にほたるの小さき光消え思はぬ位置にあはれ弧を描く

蟬の太郎

おほいなる力に引かれゐるごとく蟬が殼よりあをき身出だす

羽化終へし蟬のまなこがゆつくりと艶持ち始むいのちの艶を

羽化終へて蟬は光へ発ちゆけり緑に透く翅ふいにひらきて

七月三日羽化せし蟬は太郎にて飛び立つきはを是《ぜ》、是《ぜ》と鳴きたり

路地の奥闇に紛れて影立てり集団的自衛権認めし夜

砂漠へといつか征く児も混じりゐてプール開きの歓声ひびく

旅役者

極彩色の幟はためく鈴蘭座木戸のせまきを守るは媼

所作はつか異なりをりて身のうちに滝持つ役者火を持つ役者

頸ほそき十五の女形が醸す艶抜身ひらめくごとき妖しさ

化粧濃く女形踊れり手抜きせぬその化け加減いさぎよきまで

お決りの筋書なれど旅役者言葉正しく長台詞いふ

連日の大入りを言ひたつぷりと流し目呉れつ旅芸人は

自が魅力なべて知りゐて旅役者ふともあらはに大見得をきる

光の蔵

角ひとつ違へまがれば更地ありいつもの景がふと裏返る

台風のあとを乾ける風吹きてちくちくちく赤し畑の唐辛子

ふるふるとワンタン喉をすべりゆき雨後すみやかに秋が来てをり

帽つけてどんぐりが地にまろびをり秋は光のゆたかなる蔵

半月うかぶ

ゆふぐれの池面に映る冬の景わが影加へさらにさびしき

何もせず一日終はりぬ何かしてゐたのに何も思ひ出せない

初時雨すぎしまひるま三首ほど歌をいざなふ半月うかぶ

もみぢせる欅の木下やはらかきはちみつ色の風が流るる

なんとなく朗報と思ふ鳴りだせるスマホが鞄のなかに明るし

夜の川面ときをり暗くうごめきて鯉の跳ねたる音の量感

鉄釉坂

瀬戸赤津鉄釉坂のななまがり生ありてまた汗ばみ登る

合掌のもろ手しづかに開くなへ轆轤のうへに土たちあがる

一塊が一本となる数分の　土が花瓶となりゆく過程

よこたはるときは死ぬとき寝るときも立つゆゑ鳥に天与の翼

さやさやと秋

行き過ぐる村しづかにてものの影むらさき帯びて見ゆるおそ夏

あのひとは気付いてないが帽の上に蜻蛉がしあはせさうにゐるなり

風わたる野辺さやさやと秋は来てさしすせ紫苑、薄、せんぶり

点々と川上へむかふ火の連鎖摩訶曼珠沙華岸に赤しも

隣なる親子の話す「来年」をまぶしく聞きてバスを待ちをり

「万十屋」まだ続きゐてふるさとの町ちんまりと秋の陽のなか

ゆつくりと蕾ほどけてゆくやうな思ひ出ひとつふたつ縁側

枇杷色の街灯ぽぽぽと点り初め足もとの闇ほのか弛めり

軍艦島　端島。長崎半島の西方に浮かぶ無人島。かつては海底炭坑によって栄えたが、一九七四年に閉山。

生活の音なき廃墟の軍艦島どこよりか来て蝶のきらめく

生活の残渣のひとつ粗草になかば埋もれて陶片白し

五千余人かつてゐし島いま〈時〉が過ぎてゆくのみ風の形《なり》して

石炭の尽きて用なき島ひとつ外荒海の荒波のうへ

雨強くなりきたる午後見返れば端島はすでにうねりに隠る

かはせみ

やうやくにスマホのなかに閉ぢ込めしかはせみ一羽永久に飛びをり

昼月の吐息のごとくあらはれて風花ひかり光りつつ消ゆ

いま頬にちりと触れたる冷たさの風花あるいは空の断片

裸木の灰色の枝交錯しざくりと寒いゆふぐれである

まつすぐな食欲見せて寄りきたり池の水面にならぶ鯉の口

孤独死といふ死のありて冬深し　ひとはだれでもだれかのこども

不老不死薬

雲梯の枡目枡目にふくらみて空青かりき遠き春の日

去年とおなじ場所に咲き出で水仙が去年の光をほうと吐きたり

日が温め月が緩めてゆるやかに桜の蕾ふくらみきたる

遠景に近景に花の雲満ちて帽子のしたの視野のまばゆさ

電線に朝陽浴びゐる鳩の胸あを虹色の春のふくらみ

小鳥らが入りし木の洞覗くまい不老不死薬あるかもしれぬ

白き腹一瞬見せてひるがへりつばめは風の先端となる

捥ぎたてのやうな月出づ花の香もしづかに眠る藤棚のうへ

茶色の鞄

夕風に葉群さやぎて葉の音の涼しさのなか欅は立てり

この夏を逝かしむべしと小さき身をつくしつくして法師蟬鳴く

秋霖のあひまの空の欠落感すとんと晴れて燕がゐない

風ふくむフリルの花びらこぼれきて木下すずしき白さるすべり

お小言が残りてゐさうで亡き父の茶色の鞄開けずにおけり

革鞄かかる重きを提げ行きし父の後姿《うしろで》あれはさびしさ

桃咲けば

所有者のなき自由さに水奔り三月の川滾りて白し

遠き日の広さを形状記憶すや下り下りて海をさす水

ゆふぐれを運びくる川空よりもやや暗き空浮かべて広し

太き腹ゆらし浮かび来三月の水のぬるみに目覚めたる鯉

すばらしく遅い速さで金色の毛虫ちくちくちく道渡りゆく

桃咲けば遠き日の恥よみがへり石になりたき夕暮である

足一歩まへに踏み出し信号を待てば待ち人ゐるやうな午後

金のみづ

かきつばた咲ける屏風の天と地にまんまんと金のみづが満ちゐる

かきつばた青みづみづと咲きそろひ光琳の筆は影を生まざる

流れゐるままに止まれる銀の川絵師大胆に奔流とどむ

屏風絵に流るる川のその深さ思はせ銀の波がうねれる

閉館後燕子花図の青闇に胡蝶がひらと舞ひゐるけはひ

力ある筆が屛風にとどめたる紅梅白梅いま六分咲き

絵師の目にとらはれしゆゑ咲き続け梅はこの世の光をまとふ

あとがき

本歌集は『巻髪　シニョン』『草深野』に次ぐ私の第三歌集です。平成二十一年から平成二十七年までの作品の中から四百四十五首を収めました。

平成二十四年に、長く勤めた施設のケアマネージャーの職を辞しましたので、ときおり自宅近くの川沿いの遊歩道を歩く余裕もできました。この川は江戸初期に木曾川を水源として開削された用水と上流で合流しています。水量は少ないながらも両岸には自然が多く残っている一級河川です。ゆっくりと川に沿って歩いていると、退職をするまでは気付かなかった草花や鳥たちに目が向くようになりました。そして、いつの間にかそんな草花や鳥たちを詠んだ作品が増えました。歌集名の中の「そにどり」は翡翠の古称です。また、「そにどりの」は青にかかる枕詞でもあります。歌集中には翡翠を詠んだ作品が二首ありますが、どちらもこの古称は用いていません。ただ、この古い日本語の美しい響きに惹かれて、敢えて『そにどりの青』と名付けました。

選歌は今回も尊敬する高野公彦様にお願いしました。選歌を通して本当に多くのご教示をいただきました。心よりお礼を申し上げます。また、上梓に際しましては限られた期間の中、宇田川寛之様にきめ細かなお心遣いをいただきました。ありがとうございました。

短歌を詠み始めて三十年ほどが経とうとしています。詠むことが楽しい時期を過ぎ、何をどう詠めばいいのか悩む日々がずっと続いています。そんな中でこうして三冊目の歌集を上梓することができた喜びをしみじみと感じます。多くの方々に支えていただいているからのことと感謝いたしています。

コスモス短歌会の皆様、旧桟橋同人の皆様、灯船同人の皆様、そしていつも私を励まし支えてくれている私の家族へ、心よりの感謝をささげます。

平成二十九年四月吉日

吉田美奈子

そにどりの青

（コスモス叢書第1122篇）

平成29年５月26日 初版発行

著 者――吉田美奈子

〒486-0913

愛知県春日井市柏原町１－74－２

発行者――宇田川寛之

発行所――六花書林

〒170-0005

東京都豊島区南大塚３－44－４ 開発社内

電 話 03-5949-6307

FAX 03-3983-7678

発売――開発社

〒170-0005

東京都豊島区南大塚３－44－４

電 話 03-3983-6052

FAX 03-3983-7678

印刷――相良整版印刷

製本――仲佐製本

定価はカバーに表示してあります

ISBN978-4-907891-44-2 C0092